중심잡기

푸른사상 동시선 13

중심잡기

인쇄 2014년 1월 25일 | 발행 2014년 1월 29일

지은이 · 조소정
펴낸이 · 한봉숙
펴낸곳 · 푸른사상사
주간 · 맹문재 | 편집 · 지순이 | 교정 · 김재호, 김소영

등록 제2-2876호
주소 서울시 중구 충무로 29(초동) 아시아미디어타워 502호
대표전화 02) 2268-8706~7 | 팩시밀리 02) 2268-8708
이메일 prun21c@hanmail.net
홈페이지 www.prun21c.com

ⓒ 조소정, 2014

ISBN 979-11-308-0114-8 04810
ISBN 978-89-5640-859-0 04810 (세트)

값 9,900원

푸른사상
동시선

13

중심잡기

조소정 동시집

마음에도 중심이 필요해

얘들아, 안녕?

학교에 다녀와서 이 학원 저 학원으로 다니다보면 지치고 힘들 때가 있을 거야. 그럴 때 누군가가 "기운 내!"라고 한 마디 건네면 다시금 일어설 힘이 생기잖아.

지구 중력이 공중에 떠다니지 않게, 달팽이관이 몸 휘청거리지 않게 중심 잡아주듯 마음에도 중심이 필요하단다. 말 한 마디, 따뜻한 손길, 작은 사탕 하나가 마음을 위로하고 중심을 잡게 해준다.

우리는 살아가면서 어떤 말들을 많이 하고 살까?

남을 위로하고 칭찬하는 말일까? 남을 욕하고 무시하는 말일까?

이 시간에도 몸과 마음이 아파서 힘들어 하는 아이들이 있어. 이 아이들에게 사랑의 말 한 마디라도 건넬 수 있으면 좋겠어.

세상은 더 빨리 더 많이 가져야 된다고 우리 등을 떠밀어 경쟁하게 만들고 있어. 지치고 힘들 때 잠시 쉬면서 주변을 돌아보면 전에는 보이지 않던 것들이 보이고 새로운 소리가 들리기 시작한단다.

지금부터 잠시 하던 일을 멈추고 눈감고 들어봐. 새로운 소리가 들리지? 이젠 눈뜨고 사방을 둘러봐. 새로운 것이 보이지?

    비 오는 날 물웅덩이 위로 첨벙거리는 참새, 꽃집에 놀러온 나비, 공기놀이 하며 깔깔대는 아이들 웃음소리, 뻐꾸기 시계소리! 이런 것들이 이 동시집에 담겨 있어.

    애들아, 억지로 읽지 말고 놀이하듯이 즐겁게 소리 내서 읽으면 좋겠어. 소리를 내서 읽다보면 내가 시인이 되는 기분이 든단다. 훌륭한 위인들 치고 책 읽기 싫어했던 사람이 없단다. 알고 있지?

    자, 이제 책 속 여행을 슬슬 시작해볼까? 준비됐지? 하나 둘 셋 하면 시작하는 거다.

    "하나 둘 셋!"

    끝으로 예쁜 그림을 그려준 도봉초등학교 친구들과 귀한 동시집을 만들어준 출판사 여러 선생님들께 감사드려요.

2014년 1월
자근글방에서 조소정

제2부 웃음 바이러스

제4부 어디에 계실까?

수건으로 말을 걸어본다.

제1부

일광욕

딱밤놀이

가위 바위 보
진 사람 이마에 딱!
손가락 퉁기면

따끔따끔
어질어질

계속 맞다보니
벌겋게 익은
딱밤 하나
이마에 불룩

으, 군밤처럼
뜨끈뜨끈해.

임태은(도봉초 3학년)

필승

아빠와 마주보며
"필승!"
우리 집 인사법이죠.

멋진 해군 같다며
껄껄 웃던 아빠
천안함*과 함께
바닷속에 갇혔다가
현충원에 묻히셨어요.

이젠 우렁찬 목소리
들을 수 없는데
현관문 앞에 서면

필승!
그 한 마디가
자꾸자꾸 들려와요.

* 천안함 침몰사건: 서해 백령도와 대청도 사이를 순찰하던 1,200톤급 해군 초
   계함 '천안함'이 2010년 3월 26일 오후 9시 20분경 백령도 서남쪽 1마일 해
   상에서 침몰된 사건.

일광욕

벌레 생긴
콩 자루 쏟아
햇볕에 말리는 할머니

"갇혀서 답답혔구먼
 눅눅한 몸 말리니 개운하재?
 이럴 땐 해가 약인겨
 누구든 마음 무겁고 답답혀면
 밖으로 나와 햇볕 쬐고 바람도 맞는겨
 그러면 뽀송뽀송해진당개."

아무도 없던 마당에
콩 자루에서 나온 까만 콩
꿈틀꿈틀 애벌레
풀풀 나는 화랑곡나방*
할머니 강연 들으며 일광욕한다.

* 화랑곡나방: 쌀과 콩, 고추 등의 상품성 가치를 떨어뜨리는 농업 해충.

양심 우산

방과 후
소나기 내릴 때
빌려 쓰는 양심 우산*

처음엔 열다섯 개
삼 개월 지나자
서너 개만 남았다.

차일피일 미루다
못 가져간 우산도 양심도
내 신발장 안에 숨겨놓았다.

양심 꺼내오는 날,
복도에 놓인 우산꽂이엔
우산들 수다로 시끌벅적할 거다.

* 양심 우산: 학교 복도에 우산을 비치해놓고 우산을 안 가져온 학생들이 자
  유롭게 빌려가고 양심껏 갖다놓게 하는 제도.

윤수현(도봉초 3학년)

비 내리는 날

부슬부슬
비 내리는데
참새 한 마리

먹이 찾아
이리 콩
저리 콩콩

포르르 앉은
물웅덩이엔
빗방울만 통통통

배고픈 것도 잊은 채
첨벙첨벙 뛰어노는
참새 한 마리.

윤서영(도봉초 6학년)

팔씨름

팔씨름 한 판 붙자 했더니
팔이 가늘다고 "에~."
얕보는 힘센 민성이
시합도 하기 전에
다 이긴 것처럼 건들건들

손목이 꺾여도
"아직 힘 안 줬어."
아무렇지도 않은 척 우기지만
얼굴은 벌게지고
팔엔 핏줄이 울퉁불퉁

고함소리와 함께
풀썩 넘어가는 민성이 굵은 팔
이젠 알았을 거다.
가는 팔도 힘세다는 걸.

오작교가 되어

까치 깍깍
까마귀 꽉 꽈아악
다리 놓는 칠월 칠석*

등 돌려 자는
엄마 아빠 사이에 누워
두 팔로 다리 놓는다.

* 칠월 칠석: 1년 동안 서로 떨어져 있던 견우와 직녀가 만나는 날인 7월 7일.
  까마귀와 까치는 다리를 놓느라고 머리가 모두 벗겨졌다고 한다.

피서

사전에서 말하는 피서는 시원한 곳으로 옮겨 더위를 피함
아빠가 말하는 피서는 그냥 더위를 피함
할머니 집에 가는 것도 피서라고 우기는 아빠
곰팡이 핀 도배지 뜯어내고 뚝딱뚝딱 고장 난 문에 망치질
비 오듯 떨어지는 땀방울에 러닝셔츠는 홀랑 젖고
얼굴은 먼지로 분칠했다.
투덜거리며 일 돕는 나를 힐끗거리던 아빠!
일 마치자 등목 하자며 물 한 바가지 등에 확 붓는다.
"앗! 차가워!"
물 한 바가지에 더위도 땀도 먼지도 데구루루 굴러 떨어진다.
여름밤, 툇마루에서 아빠 무릎 베고 누워
가마솥에 찐 옥수수 먹으며 하늘에 총총 박힌 별을 센다.
그냥 더위를 피한 올 여름 피서는 두고두고 잊지 못할 거다.

김가인(도봉초 4학년)

부메랑

실없이 웃기에
"바보!"
라고 했더니
급식 늦게 먹는다고
"거북이!"
라고 놀린다.

맨발로 화장실 가기에
실내화 벗어주었더니
비 맞고 갈 때
우산을 씌워준다.

말과 행동이
부메랑이 되어
그대로 되돌아온다.

실종 신고합니다

암술머리에
꽃가루 묻혀주던
꿀벌이 사라졌다.

그 많던 꿀벌은
무슨 이유로
사라졌을까?

벌들이 모두 사라진다면
식물은
동물은
사람은 어떻게 될까?

> **실종 신고합니다.**
> 이름: 꿀벌
> 나이: 일년생 ~ 다년생
> 사라진 곳: 꽃밭, 과수원 등등
> 찾는 사람에게는
> 달콤한 꿀을 드립니다.

천 원짜리 한 장

아이스바 쭉쭉 빨며
집에 갔는데
텔레비전에선 해골처럼
삐쩍 마른 아이 누워 있었어.

천 원으로
동남아시아에선 하루
북한에선 한 달 살 수 있다는데

큰 눈망울의 아이
나를 바라보는 것 같아
먹지 못하고 들고만 있자

아이스바가
뚝,
뚝,
눈물을 흘렸어.

박한비(도봉초 4학년)

꽃 웃음

봄 햇살 눈웃음에
대답하듯 피어난 매화

뛰어놀던 아이
고개 들어 눈 맞추고
손 뻗어 만지려 하자 닿을 듯 말 듯
까치발로 너울너울 춤추다
손가락으로 살짝 잡았다

매화 꽃잎
두 손에 받쳐 들고
사뿐사뿐
아픈 엄마 손 위에
살며시 올려놓자
꽃처럼 피어나는 엄마 얼굴

우리 사귈래?

둥그렇게 앉아
수건돌리기 한다.

등 뒤에 놓인 수건
얼른 들고 뛰다가
맞은편 아이 뒤에 떨어뜨렸다.

그 애 앞에만 가면
말문이 꽉 막히고
가슴만 두근두근

수건으로
말을 걸어본다.
'우리 사귈래?'

부드러워야 이긴단다.

제2부
웃음 바이러스

청도 소싸움

싸우는 건 싫다더니
소싸움 구경 가자는 엄마 아빠

황소 두 마리
성난 뿔로 들이받으며
팽팽하게 맞서 싸우더니
청팀 황소 점점 밀려
입에 하얀 거품 내며 돌아선다.

우사에 와서도
분한지 씩씩대는
싸움에 진 청팀 황소

동생에게 지고 우는
나 같아
마음이 짠했다.

안예지

33

이기는 법

짝꿍 딱지랑 붙어서
훌러덩 단박에
넘어간 왕 딱지

용돈 다 주고 산
새 딱지인데
헌 딱지한테 졌다.

의자 다리 밑에 넣어
헌 딱지로 만든 새 딱지

왜 그럴까
궁금했는데
부드러워야 이긴단다.

공기놀이

한 개씩 콩 집고

두 개씩 코옹 집고

세 개 쿵 집고

네 개 싹 쓸어 집고

손등에 올려 꺾기

확!

잡았을까?

못 잡았을까?

희지 덕분에

가위 바위 보
말뚝박기 게임

희지가
쿵쾅쿵 뛰어 올라타자
와르르 무너지는 말등

뚱뚱하다고 놀림받던
희지 덕분에
자꾸 이기는 우리 팀

치마 옆구리 쫙~
찢어지는 것도 모르고
환하게 웃는 희지
오늘따라 예뻐 보인다.

손민아(도봉초 5학년)

더 뛰어

엄마가 늦는 날
침대 위에서 쿵쿵쿵
거실에서 우당탕탕

갑자기 걸려온 인터폰으로
"더 뛰어라 뛰어~ 밤새도록 뛰어."
튀어나오는 목소리

늦게까지 잡기놀이, 줄넘기
전쟁놀이, 축구, 레슬링
평소에 못 해본 놀이 다 해보았다.

"띵똥! 띵똥!"
문 활짝 열었더니
허리에 양손 얹은 14층 아줌마

"지금 뭐하는 거야?"

"더 뛰라고 해서 뛰어 놀아요."

"뭐라고?"

만병통치약

배가 아플 때
"엄마 손은 약손."
아픈 몸을 낫게 하고

기분이 안 좋을 때
간지럼 태우는 아빠 손은
내 마음을 낫게 한다.

엄마 아빠 손은
억만금으로도 못 사는
만병통치약이다.

박채은(도봉초 6학년)

퍼즐 한 조각

퍼즐이 손잡으니
백두산 높이 우뚝
낙동강 넘실넘실
철썩이는 동해 바다

퍼즐 한 조각 사라져
허둥지둥 찾는데
불룩한 동생 주머니
시치미 뚝 떼고 앉았다.

"돌려줘! 독도 빠지면
 우리나라 아니야."
"싫어, 이건 내 꺼야."
동생이 냅다 도망친다.

동생 붙잡아 다시 찾은 독도
대한민국 지도 위에서
환하게 빛난다.

웃음보따리 열쇠

자꾸만
코끝을 간질이는
강아지풀

참다 참다
푸후후우
웃음이 터져 나왔다.

강아지풀은
웃음보따리 푸는
열쇠 같다.

아기 돌보는 텔레비전

아기 재우다
지친 엄마
먼저 잠들고

혼자 놀던 아기
칭얼대다
까르르 까르르

텔레비전이
엄마 대신 까꿍!

이주화(도봉초 5학년)

시계나라 뻐꾸기

시계나라에 사는
뻐꾸기 한 마리

정해진 시간에
정해진 수만큼
뻐꾹 뻐꾹

힘이 빠져도
뻐어꾹 뻐어꾹
쉰 목소리

언제든지 마음껏
노래하길 꿈꾸는
뻐꾸기 한 마리

이수빈(도봉초 6학년)

못 찾은 아이

−꼭꼭 숨어라 머리카락 보일라

느티나무 뒤에 숨은
키 큰 영호
−찾았다, 꾀꼬리

스파이더맨처럼
벽에 쫙 붙은 동규도
−찾았다, 꾀꼬리

연산홍 꽃 뒤에 숨은
노란 원피스 희지도
−찾았다, 꾀꼬리

한 시간이 지나도록
못 찾은 아이

학원 시간 늦는다고
그냥 가버린
강 민 수

웃음 바이러스

화를 잘 내던 하영이
큰 병 앓고 나더니
놀려도 싱글벙글
장난 걸어도 생글생글

하영이 옆에 가면
나도 덩달아 히죽히죽
잘 삐치는 민주도 헤헤헤
큰소리치는 반장도 히히히

야단치던 선생님도 하하하
웃음 바이러스 퍼져
온 교실이
웃음 저장고가 되었다.

나비 손님

꽃집에 온
노랑나비

이 꽃 저 꽃에 앉아
꿀 실컷 먹고

꽃값으로 공중에
나비 춤 남기고 간다.

손민아(도봉초 5학년)

힘찬 응원소리에 새 힘을 얻었다.

제3부
불쑥

훌라후프 돌리기

배 불룩한 우리 아빠
훌라후프 돌리는 모습 보셨나요?

엉덩이 삐죽 내밀고
허리를 씰룩씰룩
3초도 안 되어
내려오는 훌라후프

다시 돌려도
또 주르륵

빙글빙글 빙그르
훌라후프가
지친 아빠를 돌리고 있어요.

윤서영(도봉초 6학년)

천천히 읽는 건

넌 왜
책을 천천히 읽니?

아껴 읽는 거예요.
책 쓴 사람은
시 한 편 짓는데
일주일이나 한 달
이야기 한 편 풀어쓰는데
몇 년 걸렸을지 몰라요.
제가 후딱 읽어버리면
그 일주일이
한 달이
몇 년이
너무 아깝잖아요.

줄다리기

"영차! 영차!"
스르륵 당겨오던 동아줄
드르륵 끌려가고
다시 왔다갔다

줄 잡은 손바닥 따끔따끔
다리는 후덜덜덜
툭, 놓아버리고 싶을 때
"청군 이겨라."
"백군 이겨라."

다시금 힘 모아
"여엉차! 영차!"
확, 당겨오는 동아줄
힘찬 응원소리에
새 힘을 얻었다.

이단 뛰기

5교시 체육시간,
발에 걸리는 줄 때문에
자꾸 멈춰 선다.

집에 와서도 휙휙 돌리자
더 잘 뛰라고 회초리 친다.

숨은 헐떡헐떡
다리는 따끔따끔

연습을 멈추지 않으면
멋지게 해낼 날이
꼭 올 거다.

배하연(도봉초 3학년)

청소기별

우주엔 수많은 인공위성
크고 작은 쓰레기들
빙글빙글 돌고 있대.

작은 나사, 페인트 부스러기
슝슝 날아올까 봐
우주비행사들 겁먹고 있대.

우주를 청소하지 않으면
언젠가는 우주선도
쏘아 보낼 수 없게 된대.

쥐도 잡아먹는 데이비드 어텐보로*처럼
입 크게 벌려 쓰레기 먹는
청소기별이 있다면 정말 좋을 거야.

* 데이비드 어텐보로: 필리핀에서 발견되었고 육식 식물 중 가장 크다.

꿀단지에 빠진 개미

아이스크림
자꾸 녹아
책 위로
똑똑
똑

발발 기어가던
개미 한 마리
단내 맡고
꿀단지 그림 속으로
풍덩
뒤따라오던 개미들도
풍덩풍덩

개미들은
꿀단지 안에서
꿀꺽꿀꺽
꿀꺽
허기진 배를 꽉 채운다.

불쑥

찻길 건너는데
오토바이가
불쑥,
심장이 멎는 줄 알았어.

길을 걷는데
전봇대가
불쑥,
콰당! 박을 뻔했지.

몰래 문자 보내는데
선생님 손이
불쑥,
핸드폰을 빼앗기고 말았어.

오늘 하루는
불쑥이가
불쑥불쑥 튀어나와
내 콧구멍이 벌렁, 벌렁거렸어.

윤소희(도봉초 6학년)

벤자민, 안녕?

이른 아침
"벤자민*, 안녕?"
인사하는 엄마

나무도
"사랑해."
말 들으면
알아듣고 잘 자란단다.

나무도
귀가 있다는 걸
처음 알았다.

동생과 뛰어놀다
가지에 걸려 욕했는데

다 들었겠다.

* 벤자민 고무나무: 관상용 및 공기 정화용으로 많이 가꾸는 나무. 응달에서
　도 잘 자라서 집 안이나 사무실에서 키운다.

무임승차*

하나,

둘,

셋,

넷,

다서어엇!

달리는 차 지붕 위로

휙! 날아간 제기

돈 안 내고

멀리

여행 가고 싶은가 보다.

* 무임승차: 차비를 내지 않고 차를 타는 일.

이주화(도봉초 5학년)

얼음땡

어슬렁어슬렁
상가 앞길 걸어오는
누런 떠돌이 개

내 눈과
딱 마주친 순간
둘 다 **얼음!**

서로 바라보다가
내가 먼저 눈 깜빡

더 참을 수 있었는데
지나가던 영훈이
툭 치는 바람에
땡!

1+1 행사

두 개 묶어 파는 식용유
들었다 놨다 망설이는 엄마
아빠가 말려도 듣는 둥 마는 둥

카트에 쌓이는 물건만큼
팍팍 올라가는 아빠 불만
점점 높아지는 내 걱정

1+1은
엄마의 욕심+욕심
아빠의 불만+불만
나의 걱정+걱정

행복+행복
기쁨+기쁨
파는 곳 있다면
얼른 달려갈 테야.

발가락 양말

한 방에 모여 살던
발가락 오 형제
무좀 때문에
각방을 쓰게 되었지 뭐야.

함께 살 땐
혼자 쓰는 방을 꿈꾸었겠지
이젠 벽이 가로막혀
따로따로가 되었지 뭐니!

심심할 땐
툭툭, 장난도 걸지만
마주 보고 얘기하지 못하니
무지 답답할 거야.

무좀이 사라지면
발가락 형제들,
함께 모여 살 수 있을까?

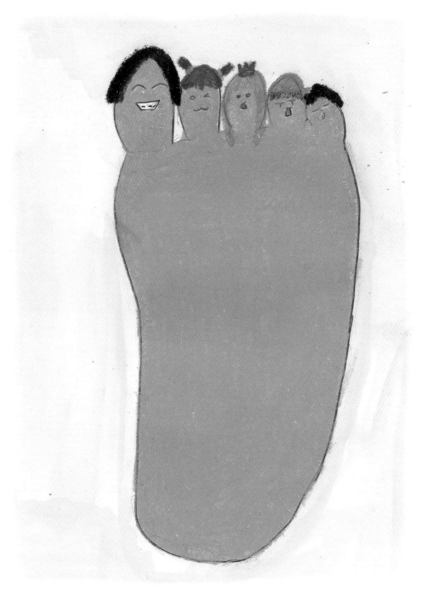

윤서영(도봉초 6학년)

중심잡기

공중에 둥둥 떠다니지 않게
중심 잡아주는 건
지구가 잡아당기는 중력

내 몸이 휘청거리지 않게
중심 잡아주는 건
귓속에 있는 달팽이관

내 마음 흔들리지 않게
중심 잡아주는 건
실수해도 "괜찮아."
머리 쓰다듬는 엄마의 손길

뜀틀을 못 넘어도
"넌 할 수 있어."
응원해주는 선생님의 한 마디

손민아(도봉초 5학년)

너와 나에게도 알맞은 거리가 필요한 거야.

제4부

어디에 계실까?

응

위층 아래층
사이좋게 사는 ㅇ(이응)

같은 모습이라
마음도 같은지
함께하면
긴말 필요 없다.

너 나 좋아해?
응!
함께 갈래?
응!

한 마디로도 다 통한다.

조인영

건망증

100점 맞으면
피자 사달라는 말
까맣게 잊은 엄마는

어쩌다 100점 맞아도
이번 시험 쉬웠다며
그냥 지나가고

80점 넘어야
게임할 수 있다는 말
까맣게 잊은 난

50점 맞아도
손이 마우스로
스르륵 스르륵

김가인(도봉초 4학년)

가습기

널
　보
면
작년
크리스마스 날

꽁꽁 언 손
후 후
입김으로
녹여주던

　그
　아
이
생각난다.

망설임

우리 가족 휴가 가는 날
수원에서 부산행 기차를 탔다

큰 소리로 뽕짝음악 듣는
앞자리 할아버지

♬비 내리는 호남선 남행열차에♪♪
노랫소리에
눈 감았다 뜨고
또 감았다 떴다

꺼달라고
말할까 말까 망설이는데
뽕짝 할아버지
대전역에서 내렸다!

알맞은 거리

우주에서 오직 하나
생명체가 살아 숨 쉬는
아름다운 별 지구

그 별에
여린 새순 피우는 나무
알에서 깨어난 아기 새
초원을 달리는 얼룩말
함께 어울려 사는 건

태양과 가깝지도
멀지도 않기 때문이야.

너무 가까우면 타버리고
너무 멀면 얼어버려
너와 나에게도
알맞은 거리가 필요한 거야.

박채은(도봉초 6학년)

83

적당히

엄마와 함께하는
신나는 요리 시간

김치를 쏭쏭 썰어
김치전 만들려는데
밀가루 얼마나 넣는지 몰라

"얼마큼?"
물으니
"적당히."
라고 대답하는 엄마

난 적당히는 얼마큼인지
도무지 모르겠는데

엄만 적당히만 넣고도
세상에서 제일 맛난 요리
척척 만들어낸다.

하늘나라 꽃꽂이

함께 놀아주던
비행기 조종사가 꿈인
스물세 살 우리 삼촌

이젠 볼 수 없어요.

엄마가 그러는데
꽃꽂이할 때 예쁜 꽃 고르듯
하늘나라에서도
착한 사람 골라 데려간대요.

그래도 우리 엄만 못 데려가요.

이건 비밀인데
"우리 엄마는
 거짓말 아주~ 많이 했거든요."

비밀번호

전학을 가니
낯선 교실
서먹한 아이들
어느새 내 마음에
잠금장치가 채워졌다.

마음 여는
비밀번호 알 수 없어
닫혔던 잠금장치
그 아이 보는 순간
철커덕, 해제되었다.

고개 숙인 그 아이
수줍게 웃고 있어
비밀번호가 풀렸다.

손민아(도봉초 5학년)

우리 집 천사

벽에도
옷에도
이불에도
누렇게 색칠하는
치매 걸린 우리 할머니

엄만 날마다
고무장갑 낀 손으로
벽을 박박 문질러 닦고

옷과 이불은
맨발로
꾹꾹 밟아 빠신다.

우리 집엔
마음씨 고운
천사 한 명이 산다.

박채은(도봉초 6학년)

아슬아슬하게

모래 위에 꽂힌 깃대
건드리지 않고
모래 가져오는
깃대 쓰러뜨리기 놀이

처음엔 많이
다음엔 조금 적게
그 다음엔 아주 살짝만
가져오는데

아슬아슬한 깃대가
간신히 버티고 일하는
우리 아빠 모습 같다.

따라 해봐

욕하고 싶은 생각이
스멀스멀 떠오를 땐
머리를 크게 한 번 흔들어봐!

그럼 한순간
언제 그랬냐는 듯
나쁜 생각이 사라져버리거든.

한 번 따라했는데
안 된다고?
다시 또 흔들어봐
안 되면 될 때까지 해보는 거야.

자!
다 같이 따라해 봐
머리를 크게 한 번

흔들

이젠 됐지?

거짓말 탐지기

거짓말을 하면
낯빛이 붉어지는 나

누가 봐도
금방 알아챌 거다.

어쩔 수 없이
거짓말하게 될 때

내 마음 몰라주는 낯빛은
거짓말 탐지기다.

이수빈(도봉초 6학년)

어디에 계실까?

거리엔
징글벨 캐럴 송
집에는
반짝반짝 트리

생일 축하받을
예수님은
어디에 계실까?

아마도
갈 곳 없어
길거리에서 서성대는
아이들 곁에 계실 거야.

동시 속 그림

임태은(도봉초 3학년)

윤수현(도봉초 3학년)

윤서영(도봉초 6학년)

김가인(도봉초 4학년)

박한비(도봉초 4학년)

안예지

손민아(도봉초 5학년)

박채은(도봉초 6학년)

이주화(도봉초 5학년)

이수빈(도봉초 6학년)

손민아(도봉초 5학년)

윤서영(도봉초 6학년)

배하연(도봉초 3학년)

윤소희(도봉초 6학년)

이주화(도봉초 5학년)

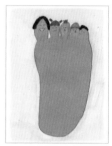

윤서영(도봉초 6학년)

손민아(도봉초 5학년)

조인영

김가인(도봉초 4학년)

박채은(도봉초 6학년)

손민아(도봉초 5학년)

박채은(도봉초 6학년)

이수빈(도봉초 6학년)